내일이 있어 우리는 슬프다

아버지 어머니께

햇빛을

**파란시선 0024** 내일이 있어 우리는 슬프다

**1판 1쇄 펴낸날** 2018년 7월 30일
**지은이** 김광섭
**디자인** 최선영
**인쇄인** (주)두경 정지오
**펴낸이** 채상우
**펴낸곳** (주)함께하는출판그룹파란
**등록번호** 제2015-000068호
**등록일자** 2015년 9월 15일
**주소** (07552) 서울특별시 강서구 공항대로 59길 80-12(등촌동), K&C빌딩 3층
**전화** 02-3665-8689
**팩스** 02-3665-8690
**모바일팩스** 0504-441-3439
**이메일** bookparan2015@hanmail.net

ⓒ김광섭, 2018, printed in Seoul, Korea

**ISBN** 979-11-87756-21-7 04810
        979-11-956331-0-4 04810 (세트)

**값** 10,000원

# 내일이 있어 우리는 슬프다

김광섭 시집

내가 잉태한 자가 나와 그 자신을 부정해도 내일을 긍정할 것입니다
두려운 것은 그가 빛을 보지 못하고 내 안에서 죽는 일입니다

# 차례

시인의 말

**제1부**

**제2부**

**제3부**

제1부

# 두 번째 낙원


죽지 마
영원을 보여 줄게

내 낙원에서의
새로운 자유를

# 붉은 수목장
―와부읍 덕소리 12-29

집사가 남매의 키를 쟀다.
십자가에 칼자국이 늘었다.
여자가 쓰러지고
개를 끌고 왔다.

여자는 석류처럼 물러지며 붉은 나비를 피워 냈다.
그래서 핏줄도 가지치기한 것인가.
대나무 그늘 뱀의 똬리에서 꽃잠을 자는데……

어린것이 함부로 이장을 하나

✟

누이가 개의 뼈를 숨겼다.
숲에서 죽은 닭을 발견했다.

아침의 짐승이여,
누가 나를 곡식에 덧뿌렸을까

개들이 에워싸는구나

*거룩한 것으로 취하거라*

나부끼는 발향린 사이 진화하는 야생을 보았다.
하얗게 가열된 청송을 타고 기어오르는
최소한의 신앙
최대한의 광기.

당신은 내 나이 때 견실하였나
신은 어긋나는 나를 더 아끼는데.

여자는 검은 살갗으로 비단을 짜고 싶었던 거다.
피가 돌 때까지 저렸다.

✝

영혼의 언어는 짐승의 기도일 것이다.
······개가 회귀했다.

# 거울 화장 거울 여름

나무에 싹이 트면 그는 내 키를 쟀고 단풍이 들거나 잎새가 지면 창가에 눕혀 잠재웠다.

참쑥을 따다 차를 끓이고 배를 쓰다듬는 그의 흙 묻은 잠 속에서 뿌리를 더듬으며 입안 가득 씨를 삼켰다.

거울에 어둠이 내린다.

세숫대야에 약수를 부어 흰쌀을 씻고 쌀무덤 위로 쌀벌레가 눈썹을 내밀면 쌀알로 덮는다 뜨물 위에 고인 얼굴에 눈곱이 낄 때까지 그리움을 뜸 들인다.

햇살을 걷어 가는 구름이 그늘을 드리우면 또다시 그가 안아 줄 것만 같다.

그는 수탉을 잡아 피를 거르고 키 작은 내 그림자를 곧추세우고는 그해 칠월 문지방을 넘었다.

찬물에 발을 담그고 흙이 가라앉을 때까지 뼈를 주물렀다.

거울 속 빈방에 불을 지피며 죽을 오래 끓이는 법을 익힐 때 심장 가까이 안개가 모여들었다.

전구가 지하 복도 끝까지 기지개를 켠다 거울을 닦고 지상에 오르면 그가 불을 쬐고 앉아 나무의 결을 매만진다.

밤하늘은 달 한 조각 속주머니에 챙기며 눈꽃을 떨어뜨리고 아카시아는 흰쌀밥처럼 부풀어 올랐다.

# 코스모스

도시를 사랑한다

철로를 걷는 마음과 그 마음을 근심하는 석양이 있고 강을 건너가는 음영과 기시감을 가로지르는 운명이 있다

불 지피는 아버지에게 인사하고 돌아서 표를 끊는 결심 뒤로 코스모스처럼 흔들리는 누나의 손수건이 아름답다

형의 방문을 닫고 일어서는 내 뒷모습은 먼 내일의 도시를 사랑한다 달걀을 깨는 의지에 잠든 병아리가 차창에 어른거리고 어두운 숨소리에 긴 여정을 예감한다

기적처럼 길게 우는 법을 아는지 어머니의 편지가 이불을 적시고 내 고장 명물 청송이 벌목된 소식을 듣는다 이별한 누나가 물꽃을 피워 내면 내가 따라 흔들리고 청석을 발로 차면 먼 내가 아프다

이상하다

형이 걷다 쓰러져 길이 된 돌담길에 기대어 나를 연민하지 않고 가고 싶은데 도시는 왜 나를 길가에 세워 두는지 안부를 묻고 돌아서 어스름에 숨이 막혀 눈이 감기고 죽

은 아버지의 담담한 울먹임이 되살아났다

　시간이 머지않았다
　시간이 머지않았다

# 소년 소녀

불이 전깃줄에 걸린 후
고열에 시달렸다

소녀는 밥 지으려 떠다 놓은 빙수에 헝겊을 적셔
내 이마에 붉은팥처럼 얹어 주었다

여린 피를 차갑게 하여
열을 달랬다

아버지는 불을 지폈다
제 열에 덴 듯 불통은 불티를 흩날렸다

먹구름 삼키며 바람 이고서
물방울 짜내어 길을 옭아도
이파리 떨어지는 눈길 속으로 긴 잠을 밟고 오는 소녀

그것이 싫어 소녀의 귓가를 서성거려도
죽은 뱀을 안고 내 머리맡에 무릎 꿇고
손을 적셨다

겨울이 지나면
병든 머리카락도 자랄 거다

소녀가 떨던 마루방을 어루만진다
　손길 아래서 불씨가 붉은 안개처럼 흩어지고 기도하는
달, 십자가를 삼켰다

　흔들리는 촛불 그림자를 피해 뒤척이며
　얼음을 녹이던 귀신의 해진 옷자락을 놓지 않았다

# 화형

고와야지 고와야지 애야
불을 갈수록 고와진단다

화로에서 절정은 기어 나온다 유리령의 세계를 어슬렁
거리며 금기를 훔친 화기처럼

붉은 비단 위에 마주 누웠다
혼몽(魂夢)은 천국에 다다를 불빛을 꺼뜨리고 맹인이 되
어 타올랐다
심장은 피를 쏟으며 뛰는 것 구원은 죽음이 깃들어야
빛이 난다
그 곡으로 사산된 나는
절정의 꼬리가 말려 들어가 뱀의 첫사랑이었으니

뱀이 누웠다 간 배꼽이여
애기 똬리에 여자의 이슬이 고이면 그 밭이 묏자리다
혼이 아파하고 육이 무너져도
절정으로 춤추던 무희의 무한한 신혼이다

문명은 어디서부터 분열하는지요

거듭 이탈하소서
나의 묘비명은 전통을 혼돈하나이다

야가이사구구다다이
野歌泥沙鈎矩多多異

　해와 달과 겨울 보음 갓난 고름의 씨방에서 시드는 고약
한 수술의 허리를 잘라 삼베를 깔고 꽃가루 화촉을 밝힌다

넋 나간
나의 육체여.

# 싸움에서 잊힌 자

나는 난파한다

목 없는 고아를 안고

욕지거리 퍼붓는 비바람도 머리 조아리며 배웅하겠지

절벽에서 한 걸음 물러서

한 뼘 손끝에 묻힌 낙원을 더듬으면

어느 길도 내 손안에 있지 않았으니

앵무새들과 빛을 나누어 먹으며

빈손 위에 끊어진 길을 쥔다

나는 나를 감추기 위해 얼마나 빠른 속력을 냈던가

완주를 위해 육체를 단련해야 했다면

유예에 성공해야 했다

내가 용허한 것은 순간의 혐오

외투 속에 바쁘게 움직이는 근육을 감추고 질주했다

내가 어떻게 살아남았는지 살아 있는 비애를 알게 되는

여운은 남겨 두지 말게

부끄러움의 역사는 다시 써야 하며

한가로운 날의 날씨는 불쾌하더라

내가 없는 영원에서 나는

질병으로 떠돌았다

# 피살자


옷깃 세우며 그림자를 첨탑까지 기울이던 너
너는 왜 돌아서 부활을 얘기했는지
달에서 눈을 떼지 않은 채 타이를 붉게 죄어 맸는지
떠남을 약속할 때 너는
발목을 물가 깊숙이 담그고 있었다.


두 팔을 벌려 본다
손과 손이 닿기까지 얼마나 멀어질 수 있는지.


세 번의 부정을 허락한 뒤
한 번의 우수를 믿게 한 아침과
일순간 절정에 다다르는 해일
너는 왜 장관이라고 하였는가
열린 바다가 닫히듯.


두려워하지 않아도 좋아 악몽은 꿈속에 머무는 것
일몰 때마다 거울에 비춰 보는 석양과
은과 금의 열쇠
네가 내 눈을 감겨 주는 것은 달이 완전해지는 기도
나의 눈꺼풀이 너의 넋을 삼킨다.

낯선 일도 아니었어
기적 한번 울리면 빨려 드는 긴 꼬리를 보게나
부인할 것은 아무것도 없어
얼음 한 조각 입에서 녹으면 그뿐.

달이
뒤돌아보는 순간이었다.

# 내일이 있어 우리는 슬프다

질주는 서로의 기타가 감전된 것처럼 짜릿하고
세계는 먼저 꺼내 든 자의 뜻대로 가는 법.

푸른빛에 흠집 내고 싶은
나신의 충신.

낙원을 일구는 등성이마다 검은 돌풍 일고 지상 근육 곳
곳에서 붉은 대마가 자라
따 먹은 사과의 씨는 정원사에게 돌려줘
부끄러움으로 싸울 수 없다면 용기로도 싸울 수 없겠지.

뿔을 보이는 것은
태양을 향한 비수야
흑심 품은 마리화나
내가 누운 곳이 사랑방.

닭과 염소의 피로 알을 깨우는 주술사여,
흰 달 위에 뿔을 깎는 결의를 써
머리맡마다 혈통을 집어삼키는 죽은 곡식 썩은 낟알 떨
어뜨리고 아이들은 모두 저승으로 가.

그는 그를 살인했는데
내일이 있어 우리는 슬프다.

# 편집증 수업 시대

빗줄기가 거세질수록 끓어오른다
약봉지를 접어 물고기를 띄우자
환상이 심안이다

물고기는 한쪽으로 헤엄치고 한쪽으로 눕는다 애인의
환영을 사랑해서 나를 미워한 적 없으나 나를 떠난 애인의
그늘이 그리워 한쪽으로 듣고 한쪽으로 보는 한쪽을 향한,
순간순간의 비린 적의가 안구의 한쪽에 고인다 오직 한쪽
으로만 다가가는 사랑 왼편에 갇히겠다

의사는 진료 기록을 내 귓가에 대고 찢는다 우리는 소
원해져 소원할 게 없고 인격을 부정해서 적대적이다 떠난
애인이 돌아와도 고집 센 물줄기의 역류를 멈출 수 없다
물의 경련으로 이탈하는 순간 붕괴되겠다

오늘은 또 누가 투약했는지 지느러미마다 밑줄 그은 처
방의 무늬가 있지만 푸른 등의 물고기를 칼끝으로 긋고 싶
은 유혹을 앓는다 무영등을 맴도는 미친 산란기에 살을 발
라내며 물 찬 수술실 밖으로 가시를 세운다

파과


씨앗 속에서
사과가 쪼개지고 있다

초록의 사과처럼 수줍은 빛깔과 아삭한 소리
지혜와 덕을 벌거벗기는
생명
껍질을 벗길수록 영원에 가까운
사과의 고리

사과에서 태어났네
한 삽의 빛과 한 삽의 어둠
너무 이른 삶과 죽음이 모여 이룬
사과에서 태어났네

처음 본 것은 은빛
은빛은 맨 나중에 온 것

오래 생각해도 되는가

이 많은 물음 가운데

이 많은 씨앗 가운데

그대가 깨문 욕망에서
뚝뚝 핏방울이 흘러내릴 때
파수꾼은
나를 파과라고 불렀다

빛과 어둠을 서로 옮겨 심은
푸른 파과

처음 본 것은 은빛
은빛은 맨 나중에 온 것

오래 생각해도 되는가

이 많은 물음 가운데 이 많은 씨앗 가운데

지혜가 허물을 벗는다
사과의 숲에서

믿음이
변종되고 있다

제2부

## 미애인과 황야의 실과

늪을 걷는 것은 너를 그리워하는 거야
떡을 내려놓으며 뱀의 자비를 받는 자유
비단 위에서 나를 지을 때
내 이름은 지었나

배 속부터 늙어 가는 여자
나는 그녀를 하녀라고 해
한다는 건 잔혹한 질
여자는 아이를 배고 목을 벴지

내 머리카락 속에 흐르는 계명
네 이외 것을 믿지 말라
부정한 신의 혈통 같은
뱀의 말씀

태어나지도 못하고 죽었지
꼭 한번 찾아가 울고 싶은 사람, 꼭 만나서 묻고 싶은 사
람, 꼭 안겨서 동정을 주고 싶은 사람이 있었는데

뱀이라고 했네

신부가 엄마를 부르는 음성

인자보다 더 큰 이가 있어 혀를 깨물 때 뱀은 다 큰 거야

엄마가 유혹했나
이스마엘, 담대하구나
자줏빛 실과를 추수하거라

깨물었네
허물에서 새 나온 빛을

부활할 수 있겠니?
왜 나를 죽였나
의심을 가르쳐 주고 싶었다

황야에서 황야에서

배 속부터 늙어 가는 여자
나는 그녀를 하녀라고 해
한다는 건 잔혹한 질

알을 밴 여자가 우물에 살아

# 전류가 흐르는 비

환상은 전율한다

*신체여,*
*나는 신체의 무엇인가*

심리학자는 내가 미완의 나를 인지할 때 전류를 보낸다
나를 훼손하는 신경질과 명멸하는 새하얀 세포들
나를 취해 나를 멸해 시간과 공간을 소각하며 낙이 없
는 세계로 전류를 보낸다

내가 시험관에 있을 때 무영등은 성호를 긋는다
독방을 내려 보는 심리학자의 동공에는 침수된 봄의 혜
이리가 있고
태명이 들려오는 뇌우에는 음지의 여인이 있다
여인은 머리맡에 적란운을 띄우며 가려움을 통제하는
처방을 읽는다
실패한 신경이 재생되는 신경을 때려눕히는 날에는
벼락이 친다

나를 분해하는 밀매꾼과

나를 목격했다 진술하는 간병인들

불가능한 마취란다
송출할 수 없겠다
내가 미처 환각을 가질까 봐

*신체여,*
*신체는 나의 무엇인가*

붕대를 감을수록 완전해지는
누진하는 비는 전류가 흐르는 비

비애는 서정하는 데에 있다
단 하나의 선인장만 남는다

# 여름의 국수

멱을 감겨 주겠어
미신에 중독된 세계는 들끓고
전장으로 떠난 사내가 주고 간 비녀에 영(靈)은 서린다

열화여
적막이여
국수를 건지면 드러나는 응어리여

저승을 그리워하면 국수 끝에서 죽은 아이의 넋이 흔
들리는데
끓는 생에 귀가 빠지도록 너를 삶아 낼 수 있을까
버섯을 먹어도
사내 손길은 기화하지 않는데

투신하는 백사를 보고 싶어
국수나무꽃이 만개하면 밀애가 나를 훔칠 수 있게 국수
나무 아래서 벌거벗을 거야
길일 연일 달아올라 연지 곤지 꽃마차야
임 얼굴 알아보지 못할 때까지 임 곁에서 물들고 싶은데

꽃이 진다
해가 진다
살(煞)이야
꽃상여야

육수 위로 떠오르는 흰 머리카락
나뭇가지에 걸린 탯줄
활짝 피는 태반
전쟁통에 태어나는 뱀들

죽어서도 태몽 꿀 수 있게 육신의 실 풀어내고
사주단자에 피고 지는 청실홍실에
내 저주에 펼쳐진 유골을 꺼내 안고
늑골 속으로 들어온 신랑의 손목을 잡는다

## 기원


유황불로 열매를 끓인다
그 맛은 하얗다

하얗다는 건
티 없이 수줍고 반듯한 침대

무화과 목엽을 걸친 신부의 맵시 같은
태초의 낯빛을 추방한 신의 뒤태 같은

천지를 봐,
두부가 떠오른다

포말처럼 번식하는 인류의 기원

바라

수줍음은 신의 체위다
수줍어할수록 신의 부끄러움과 마주한다

낙원의 텃밭에서 신은

포(泡)를 감추고 싶었을지도

끼니때마다 두 손을 허기지게 하는
알몸의 탄생

●바라(ברא): '신이 없는 것을 있게 하다'라는 뜻의 히브리어.

# 하얗게 눈을 뜨는 소금

신을 샀다.
뿔이 태어났다.
삽입하는 어감이 좋다.
나를 삼킨 것들이
내 위에서 지혜로워졌다.

염전에 발을 내디뎠다.
무릎에 염이 감겼다.
갯벌에서
묵음을 얻었다.

지속되지 않았다.
아주 잠깐 다녀갔다.
아주 잠깐
떠 있었다.

신은 조금씩 증발했다.
적을 조금씩 보존하며.

# 몰래 버린 신앙

양파를 벗길 때
핏줄은 선명해져

봐,
음침한 뿌리
불투명한 일가

돌이킬 수 있단다
돌이켜야지

핏줄은 끊는 것

붉은 망 속의 해골을 확인해도 잊히지 않는
분열된 뚜렷한 혈통

아버지,
몰래 버린 신앙

너는 나를 업신여기는구나
날 잃은 상주여

## 알의 진화

알을 벗겨 신령하여 알이야
모신 때처럼 불경해
목덜미를 씻겨 반석에 부딪쳐 깨

수줍은 낮이 덜 수줍은 밤과 관계하면 간극이 된다

방울아,
신의 둥지에 나를 올려
예뻐할 아기 새가 있어
사흘만 연애할게
그가 피 흘릴 수 있게

생기가 돌아
숫기도 없이
낮과 밤이 서로의 젖을 훑는 백야가 와

구미가 돋는
마음에 드는 죄
마음에 드는 나

오름과 내림
내림과 오름

왜 나를 좌우에 두었나

알은 둥글어서 예뻐
먹고 버린 알에서
뱀은
나와

# 언덕의 그늘


동트기 전 언덕을 오르는데
아버지가 깨어나

아들아, 허기가 지는구나
깨죽이 먹고 싶다

어머니가
당신,
사람이 되었군요

어떤 말씀이세요?

장자야,
네가 아직 믿지 못하는구나

아버지,
어떤 믿음인가요?

어머니가 깨를 빻으며
자유가 없는 것은 믿음이 없기 때문이다

언덕을 넘으면 믿지 못하리라

언덕의 그늘 아래
눈이 부셔
이승을 다시 산다

# 성년식

혀를 깨문다.

뱀을 삼킨다.

길어지는 목.

믿음과 의심이 한 몸이다.

# 낙원의 자유

조등처럼 뱀꽃이 핀다
빛이 새어 나올 듯 부신 건
석녀여,
순수한 변심이야

상가 어귀에서 소년의 꼬리를 봐
장손이잖아,
대가 끊길 수는 없지
어른처럼 핏줄이 당겨

몸이 마음을 꺾을 수 있을까
가슴의 눈썹을 지우는 몸의 탈피가
본디로도 옮아갈 수 있겠니
그르칠 수 있어야지
독하게 매끈하게

변하면
잉태할 수 있지
부정으로도 알을 낳을 수 있어

해독해야지
음독해야지

똬리를 튼 마음속의 몸
뱀이라는 둘레
자유로운 둥지 같은
영원
영원

혀가 길어지고 꼬리가 자라
소년의 마음은 썩어 부셔
알몸으로 동면에 들지

성도들
고마워

꽃은
뱀의 눈초리
절개한 조화
한 포피

석녀여,

변심은 믿음의 자유

# 신은 나의 처음

신이 가르쳐 준 것은
염이다
하얗고 깨끗한

신은 나의 처음
내가 처음 단 조등의 주인

신도 죽으면
슬프다
참기 힘든 것은 냄새

내 피로 씻음 받은
처음

하얗고 깨끗한
허물

탯줄 같은
꼬리

저승길 밝히는 심지가 닳을 때까지
이승은 얼마나 그을릴까

왜
나를 택했나

# 뿔 시인 불 신

표식은 신전 기둥에 새긴다.

뿔이 거대해지고 군사가 입을 맞추면
시인은 순록의 젖을 핥고 단청을 입힌다.

빛의 피를 빨아 마시며 독을 키운 길쭉한 근육
초월의 긴 식도를 열어 주어도 신앙하지 않는다.

신이 시인을 조준한 화의 과녁이 구개수라
선언하노니 빗나가리라
엎드리면서 사라지는 진리여.

세력의 정수리에서 기침하는 뿔
기둥마다 혓바닥이 요동한다.

교란과 질서의 말을 동일 선상에 놓는
시인.

소멸하는 불이여
누가 나를 망령되이 부르느냐

가라지가 곡식을 지탱하니 사과들이 열리고 있나이다

안색이 유독한
빗나간 화살의 수확자.

# 백단나무

그림자가 높게 자라고 손목에 응달이 맺히면

맥은 잎맥을 타고 흐르며 꽃을 피워 냈는데

빛을 갉아먹으며 많은 잎을 키워 냈으니

단 열매를 맺기 시작했어도 누구도 나를 취하지 않았으니

화귀의 숨통을 끊는 이렛날 새벽

나를 유혹한 초부도 내 향에 중독되어 세월 따라 가니

꽃을 훔쳐보며 나는 죽는다

곁눈질하는 꽃이여⋯⋯

백단을 야경 너머로 게워 냈다

귀신에 이르지 못한 채 육신을 달래며

구천을 떠났다.

제3부

# 낙산

뱀꽃을 보았다.

나를 옮기면 꺾을 수 있다.

빛이 새어 나올 듯 부셨다.

산 어귀까지 내려온 어슬녘.

꼬리를 보았다.

몸에서 자란 비애의 가장 긴 동굴……

뱀꽃을 꺾지 않은 것은 내가 아니었다.

나를 돌아서게 한 것은

새하얀 거미줄.

# 신기술

무리를 매혹하기 위해서 차호,
야생을 지배하는 기수가 될 거야

백마를 타고 채찍질을 한다
빛이 난다
절정은
말의 엉덩이에서부터 뛰기 시작한다

말꼬리 곧게 서는 체위여,
경주하는 체벌이여,
나는 감금하고 싶을 때 예뻐할 거예요

빛을 탐닉할 수 있어 좋은데
여전히 울타리를 돌고 있는
백마

학대에서
이미 어두운 얼룩으로

매질할수록 확장되는

줄무늬의 반격

# 첫 사과의 뿔처럼

비 오는 날은 비장해
소년 소녀가 사라져

몸에서 물방울이 자라나 봐
입속에 눈 속에 어디든지 꿰매야겠어

물속에서 물구나무선 망울아
손바닥을 뒤집어
공기를 띄워 줄게

첫 사과의 뿔처럼
순수를 가꾸고 싶어

나목이 떠오른다 나목을 안고서
검은 새 옷을 입고
소년이 소녀를

여전히 물에 가까운
세월……

뱀아,
젖은 속살을 꿰매 줘

요동쳤구나
심해어들이 태몽 없이 태어나
탯줄을 잘라 줄게 배꼽을 보렴

모든 애인이 부정한
살아남은 두 손으로

# 푸른 빛깔의 마을

시신의 눈을 보고
여자는 매섭다 해

어디에 있었나
누가 나를 믿지 못하느냐

의심이 금지된 청와
늙은 말과 세월의 무덤
사람의 살을 뜯어 먹고 사는 마을

상주는 보았지
흰자위를 떠도는 망자의 속눈썹을

둘째야,
저승에서 보면
이승이 지옥이구나

매장이
의문 없이 시작되면
여름밤이 올 때까지 심판의 증인이 되리라

고요한 불신의 탄생

하얗게
하얗게

물결치는 단두대
불신이 믿음직하다.

# 석양이 죽은 사슴의 뿔을 핥는다


나병사에서 죽은 자의 뼈를 밟고 쌀을 얻던 소설, 청송
조등 밑에서 나를 유예했지

손에 묻은 피로 내 피를 맑게 하느라
애써 첫눈을 외면했네

흰 죄를 돌보는 몸이 죄를 얻어도 산 자가 흘린 피는 망
자가 삼켜 주는가
허물어진 당신 곁에 누워 뼈를 베고 흙이 된 것인데

적면에 흐트러진 이승 길 안고 혼령의 발목을 쥔 채 덧
없이 삐거덕거리며

조상이여,
석양이 죽은 사슴의 뿔을 핥는다
벚꽃은 왜 시체 위에서 피나

사슴으로 가오
사슴으로 가오

핏물에서 향은 피어오르고
저승길 더럽힌 역사를 잃었지

# 산 자여, 석유를 다오

기침을 하다 숨이 닫히는 것은
영혼이 목을 죄어 오는 것.
명을 다스리는 의지가 유약한 까닭.
몸소 영혼이 움직이는 거다.

내가 벤 손목이 사막을 더듬고 있다
산 자여, 석유를 다오

반천하수(半天河水)를 사기 그릇에 붓고 조등 불빛 아래
놓는다.
한기가 달의 툇마루까지 가 닿는 저녁,
수돗가에 앉아 칼을 갈며 칼끝에 괸 해골을 추적한다.
그때도 나는 죽은 자였다.

생명선이 끊긴 자리에 침을 뱉는다.
투병은 피를 차갑고 뜨겁게 하며 생사를 오르내리는
것.
개화는 내 명운이 아니었으므로
내 외로움에는 그리움이 없다.

목을 맨 거미와 눈이 마주치면 마음 둘 자리가 없다.

땅을 기는 삶이었을 천운이 선을 넘어도 차마 목을 넘
지 못하는 숨이 있다.

허공도 여닫을 수 있는 문이라면

나는 문살에 걸린 휘파람.

주먹을 단단히 쥐면 뿔을 보이며 폭발하는

초신성.


내 살이 자식의 끼니다.

영혼이 흉가에 머무는 것.

내 몸을 통해 다시 태어나길 힘쓴다면

병도 닫힌 문을 열리라.

베어도 베이지 않는 운명처럼 뼛속까지 가시를 둘러맨

사막의 후손아,

나를 관조하는 선인장을 향해 손 내밀며 쓰러진 내가 마
지막 숨을 놓아주고 있다.


산 자여,

석유를 다오

# 흥망하는 나라

내내 안락하소서

혼이 떠나가는 살신 입안을 헐고 생을 닫는 것 두개골
움푹한 골에서 짐승이 깃을 올리는 징조 숲 속에 성을 세
워 빛을 빨아 먹는 거미의 왕

시체를 파먹는도다 눈알의 샘으로 기어가 한 알의 눈
물로 짠 실을 뿜어내고 근육을 갉아먹는도다 절정을 휘날
리는 제사장 나의 출몰에 일몰하는 세계, 뼈와 살을 옮겨
다니며 통곡하여라 한 끼의 혈액이여, 핏방울 한 모금 속
의 비애여

야산이 뿌리째 흔들릴 비수의 밤이면 아비 속에서 기어
나오는 형제를 보는도다 아귀에 걸린 팔족의 혈통은 독을
빠져나오지 못하니 함정 그물에 걸린 근친 수혈의 멸(滅)

지상 곳곳에 덫을 놓고 촉수 까닥이며 선언하는 악행이
여, 아비와 어미는 잿밥이니 불타는 낙엽은 새끼가 어버
이를 두 번 화장하는 것이라

면류관을 쓴 살생의 후손, 환각과 광기에 흥망하는 나
라, 신성이 출몰하는 푸른 거미성 독을 잉태한 거미의 아
비라

죽거든 관문에 절 한 채 띄워 주시라 객이 들거든 주검
이 혼도 없이 열반으로 마중할 수 있게.

# 황홀경

차경,
복분자를 마신다.
재앙도 나를 다스릴 수 없다.
사리는 어둡다.

사리는 다스림으로 경치를 빌려 온다.
고정을 향한 다스림의 배경에서
옴……
복분자를 마신다.
옴……
꿀을 놓는다.
목을 놓는다.

취기가 나락처럼 푸르다.

차경,
다스림은 사지(死地)에 사선을 긋는 배후.
철의 찰나
의지를 망각하게 하는 뇌후.
경(經)도 나를 교화할 수 없다.

사리는 그르다.

진리에게 치명적 물음이 없는
물음 같은 폭음(暴瘖)이
위(胃)에서 폭식한다.

# 살아남은 성읍의 혈통

결백할수록 혐의는 완벽하다.
완벽하니까 돌아서야 한다.
보고 범한 피를 말리는.

씨를 얻는 자매들.
색이 같은 피를 나눈다.
혐의를 잊고
거듭 취한다.

신을 거느리고 해골을 오른
심판의 선조.
보고 범한 피의 번성.

부인하지 않는다.
빛이 어둠에 의지하니까
보기 좋다.

피에 감기는
색의 맛.

신을 탕진해서
성수는 뿌려진다.

돌아볼 수 있는가
스스로 피를 거둔
소금의 후예가 되어.

아내가 옳다.

나는 타락해서
살아남았다.

# 뭉개진 혈통의 얼간이들

이 비극에는 죽음이 없다
약초를 캐는 절실함도
공포를 다스리는 위로도 없다

우리는 상냥하다
흐뭇하게 인사하며 새 고통을 느낀다
입 맞추고 핥아 주며
새 인격을 삽입한다

뭉개진 혈통의 얼간이들

너의 질환에는 화색이 돌아

부엉이처럼 울거나
앵무새처럼 발작하는
두 얼굴

의사는 홍차를 마시며
노인,
나를 신 노인이라고 부른다

지진과 화산 폭발
재앙의 잿더미
무감각의 핏줄과 분열

너의 질환에는 화색이 돌아

나는 나를 진단하는
유일한 얼굴

망각에 충실한 의사여, 처방하라
환상을 목격한 자의 눈을 감금하라

살 수 있다는 믿음을 위해
자위를 했다
살아 보자고 기도했다

환상 이후
최초의 땀

나는
생명의 처음

죽은 피붙이를 쥐고
밤새 꿈꾸는 낙원의 눈먼 새
악몽처럼 꽃피는 거세

제4부

# 파문

자유롭고 울창한 그늘을 향해
모든 열매가 상상하는 한 그루 생명이 자란다
빛과 어둠이 서로 깨물며
하나의 목덜미가 되는
삽입의 물결

자기 자신으로부터 구원받고 싶다는 말을 듣고 싶은 인
간은 계속 깨어나겠지만
당분간 믿음은
눈부시지 않기 위해 애쓸 것이다

내가 나를
부끄럽다 하는가
알몸처럼 떠오르는 물음
고독한 둘레
나의 사려 깊은 불신은 온순하다

양들은 길을 잃고 태도를 얻는다
인간의 체위로 신의 체위를 바꾸는
상상은 성스럽다

누가 나를
불손하다 하는가
공손하지 못한 질문들
누가 믿음을 업신여기는가

명예를 생각해
존엄과 품위는 유일하니까
순수를 지켜야 한다면
순결을 잃겠어

신도는 혈통을 지켰으니
담대하라

추락하는 낙원의 빛이여

동정을 잃으면
영혼은 새로운 불신을 갖게 될 것이다

침착한 세계의 끝

질문하는
짐승의 네발과 인간의 두 발

토끼가 귀에서 벗어나듯
태초가 변하고 있다

믿음을 탕진한 세대에게 감사를

자지러지는 둥근 민낯을 위해
자유롭고 울창한 그늘을 향해
모두가 빚인 것처럼
모든 열매가 상상하는 한 그루 뱀이 자란다

인간은
반문하기 위해 영속할 것이다

## 고드름의 기원

고드름을 쥐여 주고 떠났네
돌아서면 녹아내리는 울상
얼룩을 이루었네

낙원을 떠난 그,
운명은 변방으로 흘러갔지
그에게 직립을 가르친 세계에서
하강하는
순간순간
붙잡으려 할수록
손금에 그늘이 서렸네

사과나무 아래서 결빙의 기록을 써 내려갔지
정수리로 선과 악을 밀어내며
뱀의 허물에서
곧게 서는 척추의 문장을 적었네

낙하
낙하
내면에서 방울지는 음악

그는 걷는 것에 골몰했고
늑골에서 발자국이 발견되었네

엇갈리는 일은 깍지를 끼는 일이었을까

투명해졌네

사천 년이 흘러 되찾은 갈빗대
봄의 입속으로 뿔을 감추네

# 사랑의 처음

너와 내가 만난 늑골에서

극광이 소용돌이치며 타오르는 일

북극과 남극을 향한 응시가

서로의 눈에서 뜨거워진다

복사점 열꽃에서 유성우가 쏟아질 때

지구가 사라진 듯

너의 몸과 나의 몸이 맞닿아

에로스의 축을 이루면

우리는 다른 우주에서 함께 비를 맞으며 서 있다

슬픔이 번식하는 무한 속에서

빛나는 빨강은

내가 벗겨 놓은

도깨비불

## 둘째는 첫째

피를 다 쏟을 때 노을은 져
그리고 막내는 말해
내 속은 시뻘겋지 지혜와 재주가 뛰어나

삶은 핏줄을 확인하고 싶어 막내를 무릎 위에 앉혀
네 아비는 사람이지?
내 아내 배 속에서 내 아이를 죽였지?

막내는 제일 먼저 태어났어
며칠 후 아내 굴이 죽자
삶은 매일 아침 뱀 한 마리 데려왔지

자,
품어

막내는 달아났지
삶은 쫓았지
헤집은 음지마다 뱀버섯이 자라
씨를 말려 버리겠어! 알몸으로 부르짖는데,
뱉어 버릴까

실은 배 속에서 형이……

뱀이 막내의 입을 쓰다듬으며
내가 낳은 네 아빠란다
하지 않아도 다 안단다
그래, 쌍둥이 형 맛은 어땠니?
뱀을 닮았느냐?

할머니, 봐요
혀는 내가 더 길어요

첫째를 죽인 둘째더냐?
첫째가 살린 둘째더냐?

샅은 허물을 벗었지
막내가
눈떴을 때.

부두


휘파람

출항 직전,
부둣가에서 신을 만난 것처럼
그를 만나고 싶었다

내가 믿는 유일한
생명

믿음을 잃거든 음악을 기다려라

형제가 말했다

열세 마리의 고통, 휘몰아치는 뱀
뭍에서의 하룻밤

시신이 떠오른다
영원처럼
환한

내가 믿는 유일한
죽음

마음껏 사랑한 나날의 증거

휘파람
최초의 음악
당신의 기도

내 피를 돌보는
성모

## 애도의 시대


음악이 사라졌다.
건축이 무너졌다.
끝에서 다시 태어났다.


폭포수에서 죽은 것들이 흘러나왔다. 짐승과 인간이 무리를 지어 둘레를 이루었다. 불과 물의 빛깔……
아름다운 나의 송장, 너의 주검
모든 시신의 자유.


살아야겠다.


해녀가 두 팔을 흔들었다.
어디서든 다시 태어나야 한다.


사시시.
사시시.


구멍 하나, 구멍 둘, 구멍 셋, 구멍 넷, 구멍 다섯, 구멍 여섯, 구멍 일곱……
구멍 여덟, 구멍 아홉, 아홉 구멍. 아홉. 아홉. 아홉.

생명은 깊고 푸른 구멍에서 태어난다.
그런데……

왜 나인가.
불안전한 생존자.
완벽한 사망의 갈망자.

죽어 있는 모든 것의 참모습은
살아 있는 것에 대한 애도.

이 세계는……
부활의 시대다.

거듭,
살아나는 자에 대한 애도.

# 가로수의 후손

소년의 손은 검다 흙이 묻은 날이 잦다.


무덤밭 위로 떨어진 물가루…… 옷어른께 작별을 고하는 빛깔.


현고현비(顯考顯妣) 재가 되면 뒤척일 수 있겠지 쌀알 몇
톨 흩뿌리면 거룩하게 돌아올까
머리카락에 손 눕혀 저승에 세 들고 제례를 알린다.


음수(陰樹)의 음악이 들려와
들거라 유목의 양식이란다
따뜻한 젖도 식은 뒤 먹어야지.


한 손으로 눈을 감겨 주면
방랑을 돌보던 처녀수를 느낄 수 있어
자기 묘에 자기 목을 꽂은 누 떼의 발굽 소리 흐른다.


사공이여,
귀신이 건너간 강의 물을 마신 상주는 위험하오
몸속에 누의 피가 섞여 든다오.

불가능한 성인.
집시 소년.

맨 얼굴의 음귀가 쉴 수 있게 설송(雪松)을 심는다
가죽을 벗겨 북을 만들고 북을 쳐서 방향을 정하고
죽거든 세워서 묻어 주오.

이제 더 많은 쌀을 먹게 되겠지
땅속에서는 누구나 풍족하여
키가 딱 그만하여 목의 흔들림이 없다
후생까지 속살 보이도록 뿌리를 쓰다듬는다.

●죽거든 세워서 묻어 주오: 집시의 유언.

# 현대미술

국립현대미술관을 본다

버섯 크림 파스타 두 접시
사이다 한 잔

음료를 마신 뒤 찾아오는 갈증은
나를 위해 그렇게 해 줘
애인의 목소리로
나를 설득하는 것 같다

잘 낙담하고
잘 수긍해서
이별의 보람은 유효하지
빨대 두 개를 꽂고 음료를 마시는 연인의 바깥을 보며
어느 쪽이 먼저 슬플까
있는 것을 없게 한다

애인의 의자에 앉아 하는 외식은
내가 나에게 베푸는 마지막 선의

현대미술
나는 나의 미래를
현대미술이라고 적는다

간결하고
뚜렷하게

넌
지금
그대로가
새로워

# 햇빛과 그늘의 자유

왼손에서 빛나는 붉은 티끌의 무덤
밝은 뇌에서 너의 신앙을 훔쳤지
너의 신과
운명할 수 있다 믿으며

태양을 부정한 빛의 지혜를 헤아렸니
태초를 불신한 낮빛은 초하여 무거운 짐을 졌는데

모든 시험을 예비하였을까
내 몸에서 신의 성흔을 보았네
흰 빛깔 그득한 묵인의 구멍들
부끄러워하지 않는 순간
자연스러운 나자식물의 열매들

모든 피를 부인해
모든 뜻을 움직여

죄지은 기분의 옆구리와 이마
기적과 재앙의 나날

탕진할 수 있겠니
스스로 깨어난 왼편처럼

하나를 뺄게
너를 죽인 내가 완전히 다른 여섯 종이 되어……

네가 달의 언덕에 오를 때 첫눈이 내렸고 눈꽃을 바라보
는 내 눈을 너의 어린 신이 의롭게 여겼으면
가지런한 죄인 틈에서 난 선택받은 거야

다시 태어나거라

나를 지나칠 때
본래로 돌아가는 빛이여

## 순결의 본능

피는 혼돈이다
흡혈귀가 아닌가
살인자라고 해

피에서 깨어나는 기쁨
여인숙을 헤매는 눈빛과 붉은 기름
입술이 선사한 혼전의 슬픔

누가 마지막 순간
불신할 수 있을까

우린 손목을 잡았지
다른 믿음 곁에서
우린 손목을 그었지
다른 신앙에 의해

영원과 죽는 동침을 언약했는데

왜 나는 살렸나
신이 바라본 난

기도하는 아침의 어린양이었나

그의 피를 마시며
순결에 도달해야 할 성인이 되었다

피 묻은 손이 주는
더러운 세안

심장을 찔러 흘린 피로 금단을 견디는 가시여
네가 애써 감추어 놓은 너의 빛이
조금은 너 자신도 비추기를

살인도
구원의 일

# 푸른 물의 시

누군가 현을 풀어놓는다 하여
푸른 물의 시를 유서로 읽지 말 것
그는 무장한 새가 되어 영하에서 다시 태어난다
펼쳐진 악보처럼 힘차게 날씨를 바꾸어 놓으며
누구도 그를 쉽게 복사하지 못한다.

폭설을 견디기 위해서는 담요를 덮어
겨울이 지나면 봄이 온다고
담요는 추위로부터 그를 보호하겠지만
그는 빙점하에서 극한을 상상한다.

지하에는 물기의 영혼이 있다
물 향기 여명 속에서
물로 빚은 세계가
순교자의 입술을 위무한다
그의 음악은
이슬과 빛에서 태어났다.

그의 난파를 사랑한다
천사가 지상에 내려오는 음속과

낙원을 떠나 냉정에 반응한 음파와
신을 이탈하는 음향을
그는 구원과 맞서 싸운 음악이다.

물의 기운 곁에 여혼(旅魂)이 둘러싸이면
내 애상의 정적인 그가
심층으로 온다.

청력은
불순물의 순수를 간직하는 것.

우물에서 태어나 용암처럼 솟은 그는
스스로 개화한 빙결한 불새다.

# 양귀비를 사랑하는 두 마리의 사마귀

뼈를 수거하고 뼈에 자주 붙어 조상은 데려가

새벽마다 목이 타는 것은 금단이고 엄마는 약수라 엄마의 침은 쓰나 버짐은 엄마를 사랑해

앞서가는 것은 형이고 형의 코를 떠 마시는 초록은 사마귀 누나를 닮은 양귀비를 사랑하는 두 마리의 사마귀

애인은 노란 염료처럼 나를 색칠해 빛깔이 흐려도 예뻐

죽음은 아침보다 늦으니 햇살이 먼저 피어나 유령은 그래 가족은 풀밭을 뒹구는 잡초야 우리는 뽑다 만 쑥이야

배추처럼 움츠려 상사화를 찾아 소리 지르면 산딸기 노파가 죽은 놈이 젊으니까 잘 논다 해 산 사람처럼 굴 때

이제 어디로 가 뼈를 뿌려야 하는지

한 줌 골분에서 세계를 일구는 수레바퀴처럼 수레를 끌어

그리하여 산골 직전에 심장을 애무하는 것이 목숨을 격정적으로 연민하는 것인가

철탑에 올라 지상을 돌아보면 불꽃을 볼 수 있어

쉽게 꺼지는 촛불도 심지는 깊은 법 휘파람 불며 들판을 가로지르면 사랑이 얼마나 오래 내 곁에 머물다 저무는지 가족은 하늘에 잘 담가 둔 뿔이라

홍반이 진 곳에 살구꽃 피고 지상과 지하를 적시던 냇

가에는 하얀 소나무가 무성해

개나리 뿌리 노랗게 베어 가는 난파여,
신의 뼈를 취하겠나

## 자유와 은총

가시가 되어 그의 목을 그리워했다.
창백한 거름이 되어 찾아온.
내 몸속에서 자연으로 환생한.

그가 등에 닿을 때,
영혼은 피를 가질 것이다.

내 빛깔, 내 요람,
죽은피를 빨아 주던.

사랑한다
신음하고 돌아서
씨를 거두던.

나신을 수놓은 비단을 털면 검은 살비듬이 반짝였다.

고통을 돌보는
햇빛.

황금을 팔아 떡과 술을 사고

유향과 몰약으로 나를 신 되게 하는
아들들의 이방인.

*십자가가 거꾸로 세워지고 있나이다*
*사람이 바로 세워지는 것이니라*

신을 내려 보는
최초의 인간.

시인의 혀는
뱀의 발자국.

## 풋과 정원사의 바탕

풋,
이제 나는
너야

사과에서 태어난 벌레를 사랑해
멸종할 때까지 광신하는
창대한 식습관

나뭇가지에 앉은 나는 변신에 능하지
동정을 한입 깨문 것 같은
싱그러움

신맛을 생각해
신맛을 생각할 때 혀는 신선해지고
아침의 초록과 저녁의 빨강을 노래한 청순한 풋은 복부
에 구멍을 냈지

순정인 걸까
재앙이 끝난 듯 신과 한잔하고 싶어
초경한 수녀의 정수리를 닦아 주는 유목인 유린목

뱀을 보면 하고 싶지
사과 향이었지?
낙과한 틈을 타서 했지
나뭇가지에 열리는 신맛의 신음
생명의 과즙인 걸까

신을 내려 보며 사과를 깨문 나를
존중했니?

뒷골이 탁 트이는 절정이 와
저 노을,
무섭게 익어 가는
신의 손톱에 베인 시뻘건 전망

아버지,
번제할 어린 과일이 여기 있어
쫓겨난 풋에서 배꼽이 태어나듯
샘을 잉태하고 싶어

풋,
나의 싱그러운 체위
마주한 화분처럼
아담한
풋

전방을 애도하자
심장을 가로지른
사과로 돌아가서

한바탕
한바탕

# 치유의 자유

태어나는 순간
사라지는 자유

부패할 수 있는가
멸종은 숭고하다

세계는 마지막을 기원하지 않는다
최후를 노래하지 않는다
매듭짓지 못한 삶과 잠들지 않는 시간의 영속

땅에 얽매이는 것과
하늘에 묶여 있는 것과
이별하라

불신과 믿음이 없는
자유

구원을 모르는 아이처럼
영원을 모르는 아이처럼

피가 거꾸로 흐르고
눈에 빛이 돌고
새 이름과 새 생명으로
소멸한다

나는
스스로 없는 자

한 움큼의 어둠이
쌀벌레처럼 흩어진다

혀를 깨물고
피를
삼켜
다시 태어날 수 없게

내 몸은
거듭 썩어 부시다
나는
시작의 끝

영원을 꿈꾸는 자의 숲에서
나의 시신은 불탄다

# 내일은 우리의 모든 날


숲을 떠나는 새의 비상을

명상하는 일은 고독한 인력인가

동굴에 두고 온 유골에서 만져졌던

가장 뜨거웠던 부리를 묶는 일은

세상 모든 곡(哭)을 잠재우는 일이었을까

멸종된 새의 울음을 찾아 우는 바람이 있다

깃으로 쓴 유서가 절벽으로 날아든다

비명에 등(燈)은 기지개를 켜고

먼 벼랑을 돌아온 길이 한 줄로 일어서면

새의 목젖을 그리기 위해 저승으로 떠난 바람은

환한 둥지를 갖는다

세상에서 가장 높은 울음을 위한

첫 잔치를 점쳐 보았다

# 코스모스

문종필(문학평론가)

"누군가 현을 풀어놓는다 하여/푸른 물의 시를 유서로 읽지 말 것"

## 기도

알브레히트 뒤러(1471-1528)의 「기도하는 손」

사랑과 자유가 눈에 보이지 않듯이 기도도 눈에 보이지 않는다. 눈에 보이지 않는 것은 어떤 방식이든지 절박한 것과 관련 있다. 김광섭 시인의 시집을 읽으며 당분간 그와 함께 해변을 걷고, 그가 좋아하는 음악을 듣고, 그가 맛있어하는 음식을 먹을 것이다. 그의 시집에 불거져 나온 힘줄과 근육과 흉터를 만져 볼 것이다. 함께 춤추며, 경쾌하게 몸을 흔들 것이다.

## 지독한 나르시시즘

그의 시는 한 손에 잡히지 않는다. 구분하고 분류해 설명하기도 애매모호하다. 특정한 개념에 잘 담기지 않아서 담고자 했던 바가지는 새어 나오는 수돗물로 인해 방바닥이 흥건하게 젖는다. 이 물을 말리기 위해 뜨거운 햇빛을 쏟아내지만 마를 기미는 보이지 않고, 오히려 더 깊숙이 젖는다.

그는 수북이 쌓인 눈 위를 거침없이 걷는다. 그의 시편 대부분은 묵직한 발걸음이다. 자신감 있게 걸어간 발자국은 지워지지 않아서 시집을 덮을 수 없다. 그가 내 팔목을 힘차게 잡고 놓아주지 않는다. 팔목이 너무나 아프다. 시퍼런 멍이 들었다. 그만큼 세다.

그의 시가 잘 잡히지 않는 이유는 무엇일까. 난해성 때문일까. 하지만 김광섭 시인은 난해하게 시를 쓰는 사람이 아니다. "나를 감추기" 위해 "외투 속에 바쁘게 움직이는 근육을 감추고" 살아온 것은 사실이지만(「싸움에서 잊힌 자」), 자신을 감추는 행위는 시인도 잘 알고 있듯이, 자신 안에 있는 괴물을 더욱더 흉측하게 만들 뿐이다. 우연이든 우연이 아니든 어떤 방식이든지 괴물은 나타난다. 오히려 그는 '잘' 드러내기 위해 노력한다.

그렇다면 다시 질문해 보자. 시인의 시가 잘 잡히지 않는 이유는 무엇일까. 나는 이 잡히지 않음이 그의 간절한 세계관과 만나는 '지독한' 나르시시즘이라고 생각한다. 이 나르시시즘으로 인해, 시집 한 권 전체가 외부에서 일어나는 감정을 모두 차단하는 것 같은 느낌을 받는다. 물론, 이 문장은 '모든'을 상정하지 않는다. 외부의 감정을 가로막은 습관은 내부가 아닌, 내부-외부의 감정이 원인이기 때문이다. '내부'와 '외부'는 결국 섞일 수밖에 없다. 그만큼 시인의 에너지가 '나'로 쏠려 있다는 점을 강조하고 싶다.

여기서 중요한 것은 '지독한'에 찍힌 방점이다. '나르시시즘'은 보편적인 인간의 감정으로 특별할 것이 없는 흔하디흔한 주변 이야기에 불과하다. 하지만 특별하지 않음이 '지독한' 감정과 만나게 될 때, 평범한 것은 특별한 것으로 돌변하게 되고 자랑으로 불려도 어색하지 않을 보편성을 획득한다.

## 두 편의 같은 시

김광섭 시인은 2013년 『시작』 신인상을 받으며 등장했다. 그의 등단작은 「고드름의 기원」 외 4편[1]으로 이 시들은

---

1 「고드름의 기원」 이외의 작품은 「편집증 수업 시대」「영(零)의 정서」「대용합」「장의사의 후손」이다. 이 중 「장의사의 후손」은 시집 2부에 수록된 「신은

개작을 거쳐 첫 시집에 고스란히 수록된다. 다섯 편 중 가장 많은 개작을 거친 「장의사의 후손」은 자신을 감추고자 한 시인의 행위를 구체적으로 보여 준다. 특이한 것은 이 시가 「신은 나의 처음」으로 개작될 때 이 기록물은 모두 찢겨 바닥에 널브러진다는 점이다. 그러나 이 짓눌린 흔적들이야말로, 그가 가장 이야기하고 싶었던 것은 아니었을까.

아버지가 가르쳐 준 것은 염이다
사형수도 쌀뜨물로 닦으면 하얗다
참기 힘든 것은 냄새 죄는 떠돌지 않는다
저승길 허기지지 않게 시체의 입속에 쌀을 넣는다
모든 시체는 평등하니까
손수 야식을 준비하는 아버지

사람 죽는 일이 매번 애도할 일인가
죽음을 긍정하는 아버지 죽음은 마중 나가는 것
아버지, 나는 누구의 피눈물일까
너는 내가 닦은 피눈물이야

나는 냄새의 근원

나의 처음」으로, 「영의 정서」는 시집 4부에 수록된 「사랑의 처음」으로 개작된다. 「대융합」의 경우는 옮겨지지 않은 것으로 판단되는데, 그 이유는 정확히 파악할 수 없었다. 『시작』, 2013.봄, pp.152-157 참조.

탯줄을 입에 물고 태어난

여자의 피를 뒤집어쓴 자

냄새를 벗어나지 못한 아버지,

왜 나를 잉태시켰나 죄를 뒤집어쓰려고

어머니는 아버지가 염한 최초의 사람

나는 아버지가 염한 살아 있는 유일한 사람

아버지는 나의 첫 경험

내가 처음 마중 나간 죽음의 주인


저승길 밝히는 심지가 닳을 때까지

이승은 얼마나 그을릴까

아버지는 왜

—「장의사의 후손」 전문


　이 시에서 우리는 시인의 가족사를 짐작할 수 있다. 시 제목 자체가 "장의사의 후손"이라는 점에서 시인은 '장의사'를 가족으로 두고 있음을 추측할 수 있다. 단정하긴 어렵지만, 이 추측은 다음의 구절에서 좀 더 확신 쪽으로 기운다. "아버지가 가르쳐 준 것은 염"이라는 구절을 통해 '아버지'가 '장의사'였음을 알려 주는 동시에, 화자로 하여금 '염'을 할 수밖에 없는 상황을 '아버지'가 죽음을 통해 가르쳐 준 것일 수도 있기 때문이다. 이 시에서는 두 경우가 공존한다.

　"사형수도 쌀뜨물로 닦으면 하얗다"라는 말이나, "저승길 허기지지 않게 시체의 입속에 쌀을 넣는다", 그리고 시체의 냄새를 후각적으로 기록하는 구절은 구체적인 시인의 발언으로 그가 염을 하는 법을 '아버지'에게 배웠거나 공부한 것으로 짐작된다. 하지만 그의 이러한 배움은 지속해서 이어지지 않는데, 그 이유는 "내가 처음 마중 나간 죽음의 주인"이 다름 아닌, '아버지'였기 때문이다.

시인의 가족사는 여기서 멈추지 않는다. "어머니는 아버지가 염한 최초의 사람"이라는 구절에서 '어머니' 또한 우리가 숨 쉬고 있는 계절 속에 존재하지 않는다. 그의 가족사는 어쩌면 염을 하고, 또다시 염을 해야만 했던 슬픈 기록들로 가득 채워져 있는지 모른다. 그래서 시인은 절규한다. "아버지, 나는 누구의 피눈물일까"라고 말이다. 그가 "이승은 얼마나 그을릴까"라고 적었을 때, 이 '그을림'이 그의 첫 시집 『내일이 있어 우리는 슬프다』를 '관통'하는 것처럼 느껴진다. 하지만 이러한 구체적인 기록물은 「신은 나의 처음」으로 바뀌면서 모습을 감춘다.

신이 가르쳐 준 것은
염이다
하얗고 깨끗한

신은 나의 처음
내가 처음 단 조등의 주인

신도 죽으면
슬프다
참기 힘든 것은 냄새

내 피로 씻음 받은
처음

하얗고 깨끗한
허물

탯줄 같은
꼬리

저승길 밝히는 심지가 닳을 때까지
이승은 얼마나 그을릴까

왜
나를 택했나

—「신은 나의 처음」 전문

　여기서 우리는 「장의사의 후손」에서 "아버지가 가르쳐
준 것은 염이다"라는 구절과 이 시에서 "신이 가르쳐 준 것
은/염이다"라는 구절을 동시에 생각해 볼 필요가 있다. 시
인이 자신의 '아버지'를 '신'으로 부르고 있기 때문이다. 이

러한 접합 지점을 생각해 보았을 때, "신은 나의 처음/내가 처음 단 조등의 주인"이라는 구절에서 '신'을 '아버지'로 놓고 읽으면 시인에게 '아버지'의 존재가 각별하게 다가왔음을 알 수 있고, '아버지'와 동일한 선상에 놓인 '신' 또한 자신에게 중요한 존재로 다가왔음을 느낄 수 있다.

이러한 방식의 읽기가 아니라면 '신' 자체를 '아버지'와 같은 존재로 믿으며 시를 창작한 것일 수도 있다. 이럴 때, "푸른 물의 시를 유서로 읽지 말 것"(「푸른 물의 시」)이라는 시인의 당부는 힘을 얻는다. 동일하진 않지만 같은 두 편의 시를 통해 고정된 사실은 없다. 잡히지 않는 여러 정황들이 시집 주변을 배회할 뿐이다.

### 아버지

'죽음'의 경험은 누구나 한 번쯤 겪게 되는 평범한 것이다. 하지만, 죽음과 직접 조우하게 되면 사정은 달라진다. 전혀 다른 방식으로 죽음을 쳐다보게 된다. 죽음을 연습하지 못한 소년에게는 더욱더 죽음의 모습이 낯설고 괴기스러운 것으로 다가올 수 있다. 그럴 때 시인의 주변은 얼룩으로 짙게 물든다. 하지만 이러한 가족사의 사실 유무를 따지는 것은 시집을 놓고 봤을 때, 중요하지 않다. 더 의미 있는 것은 앞에서 다룬 서로 다른 두 시편 사이에 벌어진 간극이다.

시인에게 있어서 '아버지'는 어떤 존재였던 것일까. '신'은 어떤 맥락에서 논해지고 있는 것일까. 더 궁금한 것은

시인이 어떤 사람이냐는 것이다. 그는 어떤 삶을 살아 내고
어떤 일생을 버텨 온 것일까.

도시를 사랑한다
철로를 걷는 마음과 그 마음을 근심하는 석양이 있고 강
을 건너가는 음영과 기시감을 가로지르는 운명이 있다
불 지피는 아버지에게 인사하고 돌아서 표를 끊는 결심
뒤로 코스모스처럼 흔들리는 누나의 손수건이 아름답다

형의 방문을 닫고 일어서는 내 뒷모습은 먼 내일의 도시
를 사랑한다 달걀을 깨는 의지에 잠든 병아리가 차창에 어
른거리고 어두운 숨소리에 긴 여정을 예감한다

기적처럼 길게 우는 법을 아는지 어머니의 편지가 이불
을 적시고 내 고장 명물 청송이 벌목된 소식을 듣는다 이별
한 누나가 물꽃을 피워 내면 내가 따라 흔들리고 청석을 발
로 차면 먼 내가 아프다

이상하다

형이 걷다 쓰러져 길이 된 돌담길에 기대어 나를 연민하
지 않고 가고 싶은데 도시는 왜 나를 길가에 세워 두는지
안부를 묻고 돌아서 어스름에 숨이 막혀 눈이 감기고 죽
은 아버지의 담담한 울먹임이 되살아났다

시간이 머지않았다
시간이 머지않았다

　　　　　　　　　　　—「코스모스」 전문

　시인의 가족사를 읽고 있으면, 침묵의 모습으로 그를 넌지시 지켜봐야 할 듯하다. 말없이 그에게 다가가 그의 작은 손을 잡아 주어야 할 듯하다. 형이 쓰러진 자리가 돌담길이 되고, 누나는 치통 같은 이별 앞에 흔들린다. '어머니'는 이불을 적신다. '아버지'는 이 세상에 없는 사람이다.

　평범한 어느 한 가정의 이야기일 수도 있겠으나, 평범하다는 점에서 더욱더 쓸쓸하게 다가오는지 모른다. 화자가 바라본 가족의 모습은 이렇게 흔들릴 수밖에 없는 코스모스 꽃이다.

　이러한 슬픈 현실 속에서 '아버지'의 부재는 화자에게 미움과 사랑을 매몰차게 재생시켰는지 모른다. '아버지'는 우리 곁에서 "불 지피는" 존재여야만 했기 때문이다. 화자에게 있어서 '아버지'의 '죽음'은 그래서 더 깊은 상처를 주었다.

　시인의 몸에 남겨진 흔적은 숨기려 하면 할수록 힘 있게 위로 솟는다. "둘째야,/저승에서 보면/이승이 지옥이구나"(「푸른 빛깔의 마을」), "아들아, 허기가 지는구나/깨죽이 먹고 싶다"(「언덕의 그늘」)와 같은 목소리는 시인의 주변을 떠나지 않는다. 그의 시집에 '탯줄'과 '핏줄' 또는 '혈통'과 같은 어휘

들이 자주 등장하는 것도 '아버지'의 부재와 무관해 보이지 않는다.

## 신

무엇인가를 믿는 행위는 무엇인가를 움직인다. 그는 걱정 없이 당신에게 간다. 그에게 가는 길이 지루하지 않다. 비를 맞으며 너를 기다린다. 비가 오는 날 팔목에 달라붙는 소매가 귀찮지 않다. 가슴에 귀를 대 본다. 심장 소리가 천둥소리처럼 울린다. 작은 심장을 가진 너의 손이 온 우주를 담고 있다. 너는 이 세상에 없는 사람이다. 그 소리를 다시 듣기 위해 손바닥이 닳도록 빌고, 발바닥이 닳도록 너를 찾아 돌아다닌다. 그는 자신의 몸에 새겨진 "성스러움을 향한 어떤 흔적"[2]을 위해 일생을 건다. 이러한 경험을 신을 만나는 경험으로 확장해 보면 어떨까.

기도를 할 때, 입술이 떨어지지 않을 때가 있습니다. 그때 신도들의 기도에 귀를 기울입니다. 그들의 기도를 듣는 것만으로도 내가 기도를 하는 것 같습니다. 그리고 그 기도가 이루어지는 은사가 마음에 오는 것 같습니다.

끓는다는 것은 기도의 첫걸음입니다. 발에 피가 돌 때까지 오래 저렸습니다.

---

2 마르틴 하이데거 저, 신상희 역, 「무엇을 위한 시인인가?」, 『숲길』, 나남, 2010, p.404.

나아지는 시가 되겠습니다. 노예가 아닌 주인으로서 나아지겠습니다. 조금 더 무너지겠습니다. 심해를 돌보고 용기하겠습니다. 그리고 다시 가라앉겠습니다.

나는 받아 적었습니다. 하나님이 응답해 준 시입니다.[3]

이 글을 읽고 있으면 시인에게 '신'이 어떤 존재로 다가왔는지 느낄 수 있다. "나아지는 시가 되겠습니다. 노예가 아닌 주인으로서 나아지겠습니다"라는 문장은 앞으로 걸어갈 자신의 길에 대한 강력한 의지를 표현한 것이다. 그러나 "나는 받아 적었습니다. 하나님이 응답해 준 시입니다"라는 구절은 앞으로 그의 시가 '의식'이 아닌, '의식의 의식' 차원에서 기도처럼 쓰여질 것임을 예상할 수 있다. 여기서 '의식의 의식'은 '의식'의 영역이 지워진 상태를 의미하는 것으로 '습관'[4]의 영역에서 발동되는 무의식적인 '그 무엇'이다.

---

3 김광섭, 「당선 소감」, 『시작』, 2013.봄, p.158.
4 평범한 습관이 아닌 창조적인 '습관'에 대한 내용은 헤겔의 다음의 논의를 참조할 수 있다. "흔히 사람들은 습관에 관해 경멸적으로 이야기하고, 습관을 죽어 있는 것·우연적인 것·특이한 것으로 취급한다. 물론 전적으로 우연적인 내용도 다른 모든 내용과 마찬가지로 습관의 형식일 수 있다. 죽음을 불러오는 것은 삶의 습관이며, 혹은 완전히 추상적으로 말한다면, 죽음 자체가 곧 삶의 습관이다. 그러나 동시에 습관은 모든 정신성이 개체적인 주체 속에서 가지고 있는 실존에 가장 본질적인 것이다. 습관은 주체를 구체적인 직접성으로 존재하게 하고, 혼의 관념성으로 존재하게 한다. 또한 습관은 종교적·

이 '습관'은 이 글을 읽고 있는 당신이 생각하는 평범한 것과 무관하다. 그의 시는 이처럼 기도의 리듬을 닮아 간다.

하지만 무엇보다 더 중요한 것은 그가 '신'을 각별한 대상으로 여긴다는 사실이다. 이 지점이 동시대 시인들과 구별되는 그만이 지닌 독특한 특징이다. '신'을 이렇게까지 절박하게 붙들고 놓지 않았던 젊은 시인이 있었던가. 정치, 사회, 가난, 정체성, 청년의 위기, 고독, 사랑, 자유 등과 같은 개념에 포획되지 않는 이유는 이런 주제적인 특징에서 멀리 벗어나 있는 그의 빛나는 개성 때문이다.

그런데 특이한 것은 그가 믿었던 '신'을 자신 스스로 밀어내기도 한다는 점이다. 이 행위가 더 큰 믿음을 위한 갱신의 맥락 위에 놓인 것인지, 밀어내는 것 자체를 의미하는 것인지 정확히 알 수 없다. 하지만 이 의지는 막강하다.

　우린 손목을 잡았지
　다른 믿음 곁에서
　우린 손목을 그었지

---

도덕적 등등의 내용을 바로 이 자기로서의 주체에, 이 혼으로서의 주체에 속하게 한다. 더욱이 습관은 그러한 내용을 주체 속에서 한갓 즉자적으로 (소질로서) 존재하게 하는 것도 아니고, 일시적인 감각이나 표상으로서 혹은 행위나 현실성으로부터 분리된 추상적 내면성으로서 존재하게 하는 것도 아니며, 오히려 주체의 존재 속에 존재하게 한다.—혼과 정신의 학문적 고찰에서 습관은 흔히 경멸해야 할 것으로 간과되거나, 아니면 오히려 가장 어려운 규정에 속하기 때문에 간과되고는 한다." 헤겔 저, 박병기·박구용 역, 『정신철학』, UUP(울산대학교), 2000, pp.226-227.

다른 신앙에 의해

—「순결의 본능」부분

왼손에서 빛나는 붉은 티끌의 무덤
밝은 뫼에서 너의 신앙을 훔쳤지
너의 신과
운명할 수 있다 믿으며

—「햇빛과 그늘의 자유」부분

여기서 "다른 믿음"과 "다른 신앙"은 무엇을 의미하는 것일까. "너의 신앙"을 훔치고, "너의 신과/운명"할 수 있다는 말은 무엇일까. 이것이 '죄'와 관련 있는 것이라면 그가 어깨에 짊어진 '죄'는 무엇인가. 왜 그는 "다른 신앙"을 꿈꾸었던 것일까.

## 죽음-삶

시인이 체험한 '죽음'은 이론이나 스크린에서 배운 것이 아니다. 그가 배운 죽음은 온몸으로 받아들여야 했던 아픔이다. 그래서 그의 발언은 가벼운 것과 섞일 수 없다. 그는 눈을 부릅뜨고 '너 죽어 봤어'라고 말할 수 있는 사람이다. 의사가 환자의 죽음을 보고 아픔을 느끼는 어설픈 연민과는 차원이 다르다. 한때는 탯줄로 엮인 '당신'의 죽음이라는 점에서 더욱더 그렇다. 그래서 그가 쳐다본 죽음의 모습은 '적당한'과 거리를 두고 있다. 그는 죽음을 장식으로 보지 않고, 피부로 느낀다.

그의 이러한 태도 때문일까. 우울하게 적히는 언어 뒷면에는 삶에 대한 진지한 모습이 발견된다. 죽음을 응시하는 태도는 삶을 응시하는 것과 밀접하게 연결되는데, 그 이유는 삶과 죽음이 시작과 끝을 같이하는 유기체이자 무기체이기 때문이다. 시인은 '빛'과 '어둠' 사이, '삶'과 '죽음' 사이, '보편'과 '개별'의 사이를 의식적으로 오고 간다. 이런 '사이'의 현대성을 그는 지식으로 습득하지 않았다. 몸으로 느낄 줄 안다. 그가 만난 죽음의 모습이 가짜가 아니듯, 삶을 바라보는 태도도 어설프지 않다.

불이 전깃줄에 걸린 후
고열에 시달렸다

소녀는 밥 지으려 떠다 놓은 빙수에 헝겊을 적셔
내 이마에 붉은팥처럼 얹어 주었다

여린 피를 차갑게 하여
열을 달랬다

아버지는 불을 지폈다
제 열에 덴 듯 불통은 불티를 흩날렸다

먹구름 삼키며 바람 이고서

물방울 짜내어 길을 옮아도
이파리 떨어지는 눈길 속으로 긴 잠을 밟고 오는 소녀

그것이 싫어 소녀의 귓가를 서성거려도
죽은 뱀을 안고 내 머리맡에 무릎 꿇고
손을 적셨다

겨울이 지나면
병든 머리카락도 자랄 거다

소녀가 떨던 마루방을 어루만진다
손길 아래서 불씨가 붉은 안개처럼 흩어지고 기도하는
달, 십자가를 삼켰다

흔들리는 촛불 그림자를 피해 뒤척이며
얼음을 녹이던 귀신의 해진 옷자락을 놓지 않았다
　　　　　　　　　　　　　　　　—「소년 소녀」 전문


　이 시에서 화자는 고열에 시달린다. 몸을 일으키지 못하
고 누워 있다. '소녀'는 아파서 누워 있는 '소년'(화자) 곁을
지킨다. 차가운 빙수에 헝겊을 적셔 이마에 얹는다. '아버
지'는 구들장에 불을 지핀다.
　아픈 '소년'을 위해 애썼을 것이다. 뜨거운 이마가 가라앉
기를 바랐을 것이다. '소녀'는 먹구름을 삼키고, 바람을 이

고, 이파리가 떨어진 눈길 속을 뚫고 '소년'에게 간다. '소년' 곁에서 밤새도록 손을 적신다. '소녀'는 '소년'을 위해 이 행위를 반복한다. '소년'은 누워서 생각한다. "겨울이 지나면/병든 머리카락도 자랄 거다"라고 말이다. 화자의 지금 상태는 흐트러져 있다.

하지만 '소녀'가 차가운 마루방을 만지는 날, '소년'은 "십자가를 삼켰다"라고 고백한다. 이 말을 다양한 방식으로 해석할 수 있겠지만, "얼음을 녹이던 귀신의 해진 옷자락을 놓지 않았다"라는 발언에서 십자가를 삼키는 행위가 부정적인 것으로 읽히지 않는다. 오히려 긍정적인 맥락에서 움직이는 삶의 의지와 연결되는 것 같다.

시인은 자기 자신을 "내가 없는 영원에서 나는//질병으로 떠돌았다"(「싸움에서 잊힌 자」)고 고백한 바 있다. 하지만 이 병든 시절은 다시 기록되어야 할 그 무엇으로 각인되기도 한다. 가령, "부끄러움의 역사는 다시 써야 하며//한가로운 날의 날씨는 불쾌"(같은 시)하다는 발언은 그에게 예전과는 다른 에너지가 몸속에서 꿈틀대고 있음을 확인시켜 준다.

그래서 "살 수 있다는 믿음을 위해/자위를 했다/살아 보자고 기도했다"(「뭉개진 혈통의 얼간이들」)는 목소리와 "내 몸을 통해 다시 태어나길 힘쓴다면/병도 닫힌 문을 열리라"(「산자여, 석유를 다오」)와 같은 목소리는 시인이 품은 응어리를 조심스럽게 펴 준다.

이러한 시인의 태도를 무엇이라고 해야 할까. '죽음'과 '삶' 사이를 오고 가며 자신의 기울기를 적는 시인의 시 쓰기를 무엇이라고 이름 붙여야 할까. 보도블록 틈 사이에 서서 외롭게 흔들리는 시인의 몸짓을 어떤 방식으로 만져야 하는가. 그는 그 '사이'에서 삶을 살아 내는 유령이자 귀신이다. 믿는 행위는 보이지 않은 것을 보이게 해 주는 기도와 같다. 그가 '살아 본 자'와 '죽어 본 자'의 옷깃을 붙잡고 놓지 못하는 행위는 간절한 믿음 안에서 작동된다.

## 시(詩)

그는 음악을 들을 줄 안다. 잘 들을 수 있는 귀를 가지고 있다는 것은 잘 연주하는 데 도움이 된다. 잘 듣는 것이 무작정 잘 연주하는 것과 비례하는 것은 아니지만, 그는 잘 듣고 잘 연주하는 '아티스트'다.

유년 시절에 겪은 상처는 누구나 경험하게 되는 평범한 것이다. 어쩌면 시인보다 더 힘들게 소년-소녀 시절을 버틴 사람들도 많을 것이다. 물론, 이러한 경험은 수치화할 수 없는 '다른 것'에 속한다. 하지만 시인이 연주를 잘하는 것은 잘 표현한다는 것과 밀접하게 만난다. 그래서 그의 아픔은 보편성을 획득한다. 이때 시인은 누군가의 아픔을 대신 울어 주는 벌레가 된다.

연주를 '잘'하는 것은 시인의 장점이다. 그는 오랜 시간 훈련해 왔고, '의식-의식'의 차원까지 끌어올려 자유롭게 자신을 표현할 줄 안다. 첫 시집에 대한 해설을 쓰고 있는 지금, 이 시점에서 그의 두 번째 시집을 기다리게 되는 이유는 무엇일까. 상처를 쏟아 낸 '이후'의 모습이 어떤 방식으로 적힐지 몽상하게 되는 이유는 무엇일까. 조용히 시간을 더하며 두 번째 시집을 기다릴 수밖에 없을 것 같다.

그가 가고자 하는 길은 '현대'다. 그는 자신의 미래를 "현대미술"(「현대미술」)이라고 적는다. 그는 "교란과 질서의 말을 동일 선상에 놓는"(「뿔 시인 불 신」)다. 그는 자신의 혀를 "뱀의 발자국"(「자유와 은총」)이라고 부른다. "영원을 꿈꾸는 자의 숲에서/나의 시신은 불탄다"(「치유의 자유」)고 믿는다. 이처럼 시인은 자신을 뽐내는 데 자신감이 있다.

누군가 현을 풀어놓는다 하여
푸른 물의 시를 유서로 읽지 말 것
그는 무장한 새가 되어 영하에서 다시 태어난다
펼쳐진 악보처럼 힘차게 날씨를 바꾸어 놓으며
누구도 그를 쉽게 복사하지 못한다.

폭설을 견디기 위해서는 담요를 덮어
겨울이 지나면 봄이 온다고
담요는 추위로부터 그를 보호하겠지만
그는 빙점하에서 극한을 상상한다.

지하에는 물기의 영혼이 있다
물 향기 여명 속에서
물로 빚은 세계가
순교자의 입술을 위무한다

그의 음악은
이슬과 빛에서 태어났다.

그의 난파를 사랑한다
천사가 지상에 내려오는 음속과
낙원을 떠나 냉정에 반응한 음파와
신을 이탈하는 음향을
그는 구원과 맞서 싸운 음악이다.

물의 기운 곁에 여혼(旅魂)이 둘러싸이면
내 애상의 정적인 그가
심층으로 온다.

청력은
불순물의 순수를 간직하는 것.

우물에서 태어나 용암처럼 솟은 그는
스스로 개화한 빙결한 불새다.

—「푸른 물의 시」 전문

시인은 독자들에게 자신의 '시론'에 대해 이야기한다. 이
시에서 '그'는 '화자'이자 '시인'이자 '나'이다. '그'는 산에 올
라가 '나는 이런 시인이다'라고 호랑이처럼 포효한다. 이 자
신감을 어떻게 이름 붙여야 할까.

남이 흉내를 낼 수 없는 시를 쓰려는 눈과 열정을 가진 사람이면, 자기가 문단에 등장하고 세상에 자기의 예술을 소개하는 방법에 대해서도 그것이 독자적인 방법이냐 아니냐쯤은 한번은 생각하고 나옴 직한 문제이다.[5]

문단에 본격적으로 자신의 예술을 소개하는 시인이라면, 위와 같은 측면을 주머니에 구겨 넣을 줄 알아야 한다. 김광섭 시인은 자신의 예술이 무엇인지 정확히 알고 있고, 자신의 예술을 소개하는 방법도 기존의 방식을 답습하지 않는다. 독자 분들께서는 그의 진품 여부를 직접 확인하시길 바란다. 가짜이든, 진짜이든 시집을 읽어 본 독자만이 "불새"의 날개를 꺾거나 스스로 "불새"가 될 수 있다. 그는 귀를 활짝 열고 '당신'의 발자국 소리에 귀를 기울일 것이다.

---

5 김수영, 「문단추천제 폐지론」, 『김수영 전집 2』, 민음사, 2007(개정판 5쇄), p.191.